ABRAKADABRA

3

CHAT DE SORCIÈRE

La sorcière
Méli-Méla

Catalogage avant publication de Bibliothèque et Archives Canada

Brochu, Yvon

   La sorcière Méli-Méla

   (Abrakadabra chat de sorcière ; 3)

   (La Joyeuse maison hantée ; 8)
   Pour les jeunes de 8 à 12 ans.

   ISBN-13 : 978-2-89591-025-1
   ISBN-10 : 2-89591-025-1

   I. Thibault, Paule. II. Titre. III. Collection : Brochu, Yvon. Abrakadabra chat de sorcière ; 3. IV. Collection : Joyeuse maison hantée ; 8.

PS8553.R6S67 2006   jC843'.54   C2006-940659-6
PS9553.R6S67 2006

Les éditions FouLire remercient la Société de développement des entreprises culturelles du Québec (SODEC) pour son aide à l'édition et à la promotion.

Gouvernement du Québec – Programme de crédit d'impôt pour l'édition de livres – gestion SODEC.

Les éditions FouLire remercient également le Conseil des Arts du Canada de l'aide accordée à leur programme de publication.

IMPRIMÉ AU CANADA/PRINTED IN CANADA

ABRAKADABRA 3

CHAT DE SORCIÈRE

La sorcière Méli-Méla

YVON BROCHU

Illustrations
Paule Thibault

La Joyeuse maison hantée

Si le cri d'une sorcière en colère
me fait trembler les moustaches,
le rire démoniaque du docteur Sigsig, lui,
me transforme en boule de poils électrique,
foi de chat de sorcière!

N'hésite pas à venir me visiter
à ma cybermaison hantée
www.joyeusemaisonhantee.ca

Abrakadabra chat de sorcière

La Joyeuse maison hantée

La Joyeuse maison hantée est une clinique de thérapie. Mais pas n'importe quelle sorte de clinique : elle est réservée aux créatures fantastiques.

Tous les dragons, ogres, vampires, sorcières, monstres, fantômes, trolls, chats de sorcières et autres y sont les bienvenus. Au moindre problème, le docteur Sigsig s'empresse de les soigner.

Sigsig et Mermiz, son assistant, sont les deux seuls humains de cette Joyeuse maison. Avec l'aide de Carmelita, la grenouille détectrice de mensonge, ils s'efforcent de trouver le remède aux problèmes de chacun : des potions pour les monstres trop émotifs, des thérapies-chocs pour les chats joueurs de tours, des visites à l'Asile des fantômes défectueux pour régler les problèmes de Frissella… Le célèbre docteur Sigsig n'est jamais à court d'idées !

LA COUR EN DÉLIRE !

La tension est grande dans la salle de la grande Confrérie des sorcières. On pourrait entendre voler une chauve-souris. Il y est question de la Joyeuse maison hantée, du docteur Sigsig, qui la dirige, et surtout de l'un de ses patients : Abrakadabra, chat de sorcière, chat de carrière.

Un groupe de neuf sorcières se rebelle. Chapeaux enfoncés jusqu'aux sourcils et ongles plantés dans la vieille table de conférences, elles s'opposent farouchement à la Ministre de la Confrérie des sorcières, qui souhaite le retour au bercail d'Abrakadabra.

– Bout de balai! s'énerve Makiavellina. Ce chenapan n'a subi que deux thérapies!

– Le docteur Sigsig lui en a prescrit neuf, renchérit Griffellina. Et ce ne sera même pas suffisant pour rendre cet animal normal. On devrait le mettre dans un bocal!

Et les sept autres ex-patronnes du chat de sorcière entonnent en chœur:

– Un vrai rat, cet Abrakadabra!

– Je peux très bien comprendre votre frustration, intervient la Ministre, mais Abrakadabra a fait preuve de beaucoup de discipline, dernièrement.

De nouveau, la Ministre explique calmement qu'elle a assisté à deux spectacles rigolos montés et joués par Abrakadabra, à la Joyeuse maison hantée: le premier étant imposé par

Sigsig comme traitement-choc; le second ayant été réalisé à l'initiative même du chat-patient, avec qui elle a eu une bonne discussion après le spectacle. Elle ajoute que les patients du docteur Sigsig ont, eux aussi, grandement apprécié ces soirées. Puis, elle termine en appelant ses collègues à la tolérance:

– Abrakadabra a travaillé dur pour monter ces spectacles. Pourquoi ne pas lui donner une chance, comme il le demande? Peut-être a-t-il changé?

– C'est de la frime! crie à tue-tête Makiavellina.

– Un autre de ses tours pendables! renchérit Griffellina.

Et le chœur des sept autres sorcières de répéter:

– Un vrai rat, cet Abrakadabra!

La Ministre ne sait plus à quel balai se vouer...

Bien sûr, elle n'a pas vécu comme le groupe des neuf avec ce chat de sorcière, chat de carrière. Elle sait également que chacune d'elles a fait une dépression après le passage de ce Grimoire dans sa vie; voilà pourquoi ces sorcières réclament à grands cris les neuf thérapies prévues par le docteur Sigsig.

– Depuis que ce félin fou a laissé s'échapper trois fées de mon repaire, ajoute Makiavellina, je suis la risée de mon entourage!

– Et moi donc! tonne Griffellina, les yeux brusquement transformés en chutes de larmes. À cause de ce Grimoire de malheur, j'ai été bannie du château du roi Henri de la tour fêlée! Depuis, je croupis dans des grottes avec mes fidèles corbeaux...

Et les sept autres sorcières de rugir :

– Un vrai rat, cet Abrakadabra !

La Ministre se sent très à l'étroit dans ses petits souliers pointus…

Cette brillante diplômée en droit de la sorcellerie est bien d'accord pour dire qu'Abrakadabra a enfreint les bonnes règles de la grande lignée des chats Grimoire ; mais sa dernière rencontre avec ce dernier l'a convaincue qu'il s'agit d'un chat intelligent, plutôt drôle, sympathique et repentant. « Et si ces neuf sorcières manquaient tout simplement d'humour ?… » s'interroge-t-elle.

La Ministre, qui aimerait bien faire preuve de bonté à l'égard d'Abrakadabra, essaie de songer à une solution devant cette opposition pressante qui s'amplifie.

– Il est rusé comme dix, ce chat de gouttière ! rugit Makiavellina, se levant d'un bond et s'accrochant le nez sur le rebord de la table. Aïe!

– Rusé comme cent! rage Griffellina, grimpant à son tour sur sa chaise.

– Un vrai rat! Je sais, je sais! s'exclame aussitôt la Ministre.

Sept sorcières restent bouche bée, les yeux sortis des orbites.

La présidente de cette houleuse assemblée ne sent pas le vent des longues toges tourner en sa faveur. Pourquoi n'est-elle pas parvenue à convaincre ces neuf sorcières? D'habitude, rien ne résiste à son charisme ni à son charme.

La Ministre fait alors appel à sa longue expérience et se dit sagement: «Et si elles avaient raison?...»

«Hi, hi, hi!»

Dans le corridor principal de la Joyeuse maison hantée, Abrakadabra pouffe de rire. Il fait les deux cents pas devant la porte entrouverte du bureau du docteur Sigsig. Ses moustaches se trémoussent de fierté. Il songe à la Ministre de la Confrérie des sorcières qu'il a rencontrée, hier soir, juste après son deuxième spectacle, et qui lui a dit :

– Formidable, votre danse cha-cha-cha !

« Hi, hi… »

Frouche, frouche…

Un bruit à peine perceptible sort soudain Abrakadabra de ses pensées. Sur ses gardes, dans le corridor, il écoute un instant. Il n'entend cependant que la voix du maître de la maison. Le docteur Sigsig semble toujours en grande conversation au téléphone, dans son bureau. Aucun autre son ne lui parvient.

Abrakadabra se remet vite à penser à cette soirée de la veille, au moment où il a pu, enfin, dire un mot en privé à la Ministre :

– Vous savez, madame la Ministre, j'ai travaillé fort pour ce nouveau spectacle, que j'ai fait de ma propre initiative !

– Je sais, on m'a dit. Et... chapeau, Abrakadabra ! Ce spectacle était très réussi. Quels beaux numéros de variétés vous nous avez offerts : danse, acrobatie, magie...

– Je crois que je suis guéri : je pourrais être un bon Grimoire, maintenant. Pas besoin de suivre toutes les autres thérapies. Je vous en supplie, je suis prêt à être un bon chat de sorcière !... Je vais y mettre autant d'énergie que j'en ai mis à faire ce spectacle, je vous le jure.

Dans le regard de la Ministre, Abrakadabra a tout de suite compris qu'elle le croyait. Il n'en revient toujours pas d'avoir réussi aussi facilement à mentir à cette grande dame de la sorcellerie.

«Je suis sûrement le Grimoire le plus doué pour la comédie!...»

Devant la porte du bureau de Sigsig, Abrakadabra ne parvient plus à contenir ses fous rires.

«Hi, hi, hi!»

Le chat-patient est convaincu que Sigsig est actuellement en communication avec la Ministre des sorcières et que celle-ci lui explique qu'il doit immédiatement retourner le «bon Abrakadabra» dans le monde de la sorcellerie. Abrakadabra pense à la tête que doit faire Sigsig, en ce moment même.

«Pauvre Sigsig, il doit en frissonner des pieds aux cheveux!»

Voilà donc pourquoi, ce matin, le chat de sorcière, chat de carrière est aussi euphorique. Les quatre pattes en l'air, il pédale maintenant à en perdre le souffle, mû par une ivresse folle; ce grand félin comédien ignore toutefois que deux yeux étonnés l'observent intensément, depuis un petit moment...

Juste derrière Abrakadabra, toujours sur le dos dans le corridor en train de rire à moustaches déployées, une voix éraillée se fait entendre:

– Pardon?

Les quatre pattes du chat deviennent aussi raides que les cheveux qui dépassent du chapeau d'une horrible sorcière qui

le regarde fixement. Abrakadabra revient sur terre, en un bond-contorsion.

– Êtes-vous envoyée par la Ministre pour me ramener ? s'enthousiasme-t-il aussitôt.

– Quoi ? lance la vieille, dont la voix ressemble plus à un cri de corbeau qu'à une voix de sorcière. Tu parles, toi ?

– Oui, je suis un chat de sorcière de la race des Grimoire.

– Une bouilloire ?

Offusqué, Abrakadabra voit alors la misérable femme sortir de sa poche un crabe géant qu'elle s'accroche à l'oreille.

– C'est Tympan, mon crabe auditif. Je suis un peu sourde, vois-tu… Tu es qui, au juste ?

– Abrakadabra, chat de sorcière. Je suis un Grimoire.

– Ah ! un Grimoire !… Génial ! Voilà pourquoi on peut se parler… Moi, je suis Méli-Méla ! Enchantée, mon beau À-bras-les-gros-bras !

Chatouilleux sur la prononciation de son nom, le Grimoire n'a plus du tout envie de rire. À coup sûr, le Tympan ne joue pas très bien son rôle d'appareil auditif.

– Vous êtes ici pourquoi ? demande-t-il lentement et fort.

– C'est la bonne malédiction qui t'envoie, À-bras-les gros-bras : comme tu es un Grimoire, et que tu habites déjà la Joyeuse maison hantée, peut-être pourrais-tu m'aider ? J'ai vraiment besoin d'un ami comme toi !

À cet instant précis, la porte du bureau s'ouvre et Sigsig, rouge d'émotion, apparaît.

« Bravo ! » jubile Abrakadabra, qui en conclut que le docteur a appris la bonne nouvelle de son départ vers l'Univers des sorcières. Pourtant, Sigsig passe devant lui sans même lui jeter un coup d'œil et court à toutes jambes. « On dirait une girafe ! » se moque le chat-patient, qui entend le docteur crier :

– Encore l'avion de Mermiz qui a des ennuis mécaniques. Je cours l'aider !

Sarrau et cheveux au vent, le savant tourne à gauche sur une jambe, au bout du corridor, et hurle :

– Quant à toi, Abrakadabra, pas de folies ! Je reviens pour ta troisième thérapie…

Sigsig disparaît. Mais sa voix de crécelle se met à rebondir sur les murs et fait grincer les oreilles d'Abrakadabra. Le docteur vient d'entonner son horrible chanson :

♪♪ *Quelle énigme ! Sig, sig, sig !*
Quel coco ! Ho, ho, ho !
Quel génie ! Hi, hi, hi !
Je vais trouver ! Yé, yé, yé ! ♪♪

La queue et les oreilles figées, Abrakadabra reste là, sans bouger d'un poil.

– C'est pourquoi, ta troisième thérapie ? lui demande la sorcière Méli-Méla. Tu as des problèmes, toi aussi ?

– Moi, des problèmes ? Mais non ! Paaaaas du tout…

– COAHHH ! COAHHH ! COAHHH ! hurle la grenouille Carmelita, sur le seuil de la porte, juste derrière Abrakadabra.

Le chat de sorcière bondit comme une balle dans les airs et Méli-Méla grimace

d'horreur. La sorcière décroche vite son crabe auditif de son oreille avant de devenir sourde complètement. Tandis que Tympan, rouge tomate, reprend un peu de son joli teint blanc, Méli-Méla fixe la grenouille et demande, en furie:

– C'est qui, celle-là?... Mon Tympan est tout tremblant à cause de ses cris de mort!

De retour sur quatre pattes, Abraka-dabra lui explique qu'il s'agit de Carmelita, un terrible outil du docteur Sigsig; mais il omet, bien sûr, de révéler sa fonction de détectrice de mensonge. Puis, il entraîne la sorcière loin du bureau du docteur et lui confie qu'il quitte demain, au plus tard, cet endroit: il n'y était que de passage, en mission commandée par la Ministre de la sorcellerie elle-même.

– La Ministre elle-même, en per-sonne?... laisse échapper une Méli-Méla ébahie.

– Elle-même, en personne !

De bien intéressantes pensées commencent à trotter dans la coquine cervelle d'Abrakadabra.

– Euh... tantôt, Méli-Méla, n'avez-vous pas parlé de... problèmes ?

– Oh oui ! soupire la sorcière, déprimée. Je suis constamment mêlée dans ma tête. Confuse. Je perds la mémoire. J'en perds même mon grimoire ! Pire encore, cher À-bras-les-gros-bras, je me trompe dans mes formules et mes potions magiques. Tu imagines les dégâts ?

L'imagination d'Abrakadabra fait des bonds de joie.

– Vous savez, Méli-Méla, ce genre de petits problèmes, j'en ai résolu des tonnes. J'ai tellement aidé de sorcières dans ma vie de chat Grimoire...

– C'est vrai? se réjouit la vieille, perdant son expression de triste sorcière meurtrie.

Et tandis qu'elle s'apprête à se confier au bon chat de sorcière qu'est devenu Abrakadabra, envoyé spécial de la Ministre de la Confrérie des sorcières, ce dernier sent de petits frissons de plaisir parcourir sa fourrure noir corbeau...

«Hi, hi, hi!»

Les yeux perçants du chat de sorcière semblent avoir retrouvé leur éclat typiquement félin, coquin et malin... qui a tant fait rager le groupe des neuf sorcières, ses ex-patronnes!

«Et puis, se dit-il, avant que la Ministre ne se décide à me libérer de cet endroit de malheur, pourquoi ne pas m'amuser un peu? D'accord, cette vieille sorcière fait pitié, mais... il y a si longtemps que je n'ai pas rigolé ni joué de tours...»

ABRAKADABRA EN DÉLIRE !

Sous un ciel étoilé, la Joyeuse maison hantée et ses patients reposent paisiblement. Soudain, la fenêtre de la cuisine s'illumine et deux ombres y apparaissent. Deux froufroutements au sol brisent le silence nocturne.

Autour de la cuisinière, Méli-Méla et son marmiton Abrakadabra, le museau plongé dans un vieux grimoire, s'affairent depuis un moment déjà à faire bouillir une gluante mixture mauve. Le visqueux bouillon ne cesse de *bloup-blouper* de partout et déborde maintenant du chaudron.

– À-bras-les-gros-bras, es-tu certain que je ne me suis pas mêlée dans les proportions?

Abrakadabra a renoncé à faire apprendre son nom correctement à cette vieille sorcière confuse. Il crie, près de son Tympan:

– Tout est *timinou*! Sept onguelets de bave d'alligator, cinq bouts de balai de cervelle de condor, deux pincées de sueur d'humain en poudre, douze yeux d'ours cuits par la foudre et une bassine de résine de sapin de Saint-Clinclin...

Et, levant la tête du grimoire presque millénaire de la sorcière, le bon *chatmaritain* d'Abrakadabra ajoute fièrement:

– Chère Méli-Méla, votre gomme miracle est fin prête!

– Merci, mon marmiton! lance la vieille sorcière, rayonnante, son crabe solidement attaché au large pavillon de son oreille. Tu es très gentil, mon brave À-bras-les-gros-bras, d'aider une pauvre sorcière en détresse comme moi !

Méli-Méla plonge une écuelle dans le chaudron, dépose une flaque de mixture sur la table et se met à rouler une boulette avec frénésie.

– Tu sais, c'est une recette de mon arrière-arrière-grand-mère, qui a toujours dit : « Une gomme par jour garde votre mémoire de sorcière fraîche comme un poupon humain ! »

Abrakadabra, lui, n'a en mémoire qu'une seule chose : les proportions qu'il s'est amusé à mêler sans que Méli-Méla ne s'en aperçoive…

– Quelle chance j'ai, renchérit la sorcière, d'être tombée sur toi, un si bon chat de sorcière, juste avant le premier test de mémoire que veut me faire passer le docteur, et juste avant que tu ne t'en ailles.

Abrakadabra parvient de peine et de misère à ne pas laisser ses moustaches frémir de plaisir et trahir le fou rire qu'il combat depuis un bon moment. Il a tellement hâte de voir quel effet aura sur la vieille sorcière cette gomme dont il a modifié la recette!

«Peut-être Méli-Méla ne retrouvera-t-elle pas sa mémoire d'antan, se dit Abrakadabra, l'air moqueur, mais j'ai l'impression que sa mémoire, elle, n'oubliera pas de sitôt ce qui va se passer dans un instant... Hi, hi, hi!»

Méli-Méla attrape la première boulette du bout de ses ongles et hop!... la lance dans sa bouche grande ouverte. Elle se met aussitôt à mâcher. Elle mâche de plus en plus vite et de plus en plus bruyamment. Comme si elle ne pouvait faire autrement! Elle semble incapable d'arrêter. Et voilà que ses joues se gonflent tels deux pneus de bicyclette qu'on remplit d'air...

– Qu-qu-qu'est-ce qui m'arrive ? parvient-elle à marmonner, entre deux formidables mâchées.

De la bouche de Méli-Méla s'extirpe tout à coup une bulle de gomme. Elle grossit, grossit, jusqu'à devenir immense. À travers la bulle mauve, Abrakadabra observe le visage paniqué de la sorcière, dont le nez s'enfonce chaque seconde un peu plus à l'intérieur de la bulle.

Abrakadabra n'en croit pas ses yeux, qui brillent de joie. Quelle belle recette il a créée ! Un vrai miracle ! Sa fourrure frémit de plaisir. Jamais il n'aurait pensé que sa recette aurait un effet aussi superbe.

Telle une bulle de savon, il voit maintenant l'énorme ballon se détacher de la bouche de Méli-Méla. Puis, aussitôt, une autre bulle jaillit entre ses lèvres. Ahurie, impuissante, apeurée, la sorcière agite les bras, les jambes et se met à sautiller comme un orang-outan.

En quelques secondes, la cuisine est envahie de dizaines de bulles de gomme miracle : on dirait des minimontgolfières qui s'y promènent.

– À-bras-les-gros-bras, fais quel... quelque... quelque chose !

Abrakadabra est fasciné par la grosseur de cette nouvelle bulle qui prend forme entre les lèvres de Méli-Méla et qui empêche la pauvre de continuer de parler. Jamais il n'a rien vu de pareil.

POW !

Le visage de Méli-Méla, son Tympan et tout le haut de son chapeau pointu sont instantanément recouverts d'une matière visqueuse mauve.

Abrakadabra explose à son tour d'un fou rire incroyable. « Hi, hi, hi !... » Il en a mal au ventre. Mais le pauvre n'est pas au bout de ses crampes...

– Que se passe-t-il ici, voulez-vous bien...

À travers une des bulles voyageuses, Abrakadabra voit apparaître Sigsig, à l'entrée de la cuisine. L'air endormi et les cheveux échevelés, le maître de la Joyeuse maison hantée écarquille les yeux devant pareil spectacle et...

POW !

... il se retrouve le visage emprisonné à son tour par cette toile de gomme-araignée.

Le rusé Abrakadabra décide de quitter la pièce en *catiminou*... très fier de son coup!

VOUUU!

Un étrange bruit s'infiltre sous la porte de chambre d'Abrakadabra, qui dort dans son lit.

Le chat-patient est vite allé se coucher après l'histoire des bulles de gomme miracle de Méli-Méla. Il lui a fallu plusieurs minutes avant de réussir à calmer ses maux de ventre tellement il a ri. Son formidable tour lui a même fait oublier la Ministre de la Confrérie des sorcières qui, de toute évidence, n'a pas encore signalé son congé au docteur Sigsig. Puis, il s'est endormi profondément, convaincu que, dès le matin, il quittera la Joyeuse maison hantée, cette «maison de fous» comme il se plaît à dire si souvent.

VOUUUUUUU !

Le bruit venu du corridor s'amplifie et fait même ouvrir un œil à Abrakadabra. Son regard tombe inévitablement sur le premier des neuf portraits de sorcière accrochés au mur: Makiavellina. Quel supplice que ce traitement-choc matinal qui lui est imposé par Sigsig depuis sa première thérapie. Surtout ce matin: plus que jamais, ses ex-patronnes ont l'air en furie contre lui... Pas surprenant, avec le tour qu'il a joué à Méli-Méla, une des leurs, cette nuit.

BANG!

Terrorisé, Abrakadabra saute en bas de son lit. Une fusée est entrée dans sa chambre, faisant claquer la porte. L'ovni fonce droit vers le mur...

BOUM!

Quelle n'est pas sa surprise de voir Méli-Méla tomber par terre tandis que le bout d'un long balai reste enfoncé dans le mur.

– Mais... mais...

Le chat-patient n'a pas le temps de prononcer un mot; la vieille sorcière, encore affalée sur le plancher, lui dit de ne pas avoir peur.

– Ce n'est que moi, Méli-Méla, avec un autre problème!

Le dos éreinté, le chapeau aplati et le nez endolori par son atterrissage forcé sur les carrés de tuile, la sorcière retrouve son Tympan tombé par terre, le remet à son oreille, se lève et explique:

– Depuis des mois, je n'arrive plus à contrôler mon balai; je me trompe toujours dans mon langage codé...

– Oui, j'ai… j'ai vu…

– Peux-tu m'aider, mon brave Grimoire ? Surtout que le docteur Sigsig est en furie. Il a passé des heures à enlever de son visage ma gomme à mâcher miracle. Je me demande bien, d'ailleurs, comment j'ai fait mon compte pour me tromper à ce point. Je dois me reprendre, tu comprends ?

« Elle est vraiment folle, cette vieille sorcière ! se dit Abrakadabra, avec une petite lueur de compassion dans le regard. Venir me demander conseil après ce que je lui ai fait… La pauvre, elle est complètement mêlée dans sa tête ! »

La sorcière, encore un peu étourdie, lui refile un minuscule carnet aux coins tout écornés et le supplie :

– Toi qui as une longue expérience des sorcières et de leurs balais tout-terrain, peux-tu m'aider à bien prononcer mes codes secrets pour le diriger à ma guise et pour qu'il cesse ses facéties ?

La petite lumière dans les yeux d'Abrakadabra passe alors du rouge «compassion» au jaune «hésitation», puis au vert «Allons, allons! Amusons-nous encore un tout petit peu, voyons!» Le chat-patient sait fort bien qu'il lui faudra rester sage pendant un long moment à son retour, imminent, dans l'Univers de la sorcellerie; alors, pourquoi ne profiterait-il pas de cette autre occasion unique qui s'offre à lui?

Il n'en faut pas davantage pour que la première leçon de diction et de bon langage codé pour balai de sorcière se tienne sur place.

– Balai dou dou, balai kung fou fou, balai ti ti..., s'exerce de nouveau la sorcière.

– Non, non, Méli-Méla!... s'impatiente maître Abrakadabra. Votre formule est trop vieillotte. Elle ne fonctionne plus pour la nouvelle génération de balais. Et puis, jamais vous ne devez prononcer vos codes secrets du bout des lèvres! Pour que les mots agissent sur votre balai, vous devez les faire jaillir du plus profond de votre gorge…

Quelques minutes plus tard, devant son balai toujours enfoncé dans le mur, Méli-Méla se sent fin prête. Grâce aux précieux conseils du bon Abrakadabra, elle peut maintenant demander à son balai de lui faire faire une promenade en toute sécurité. Elle lance donc haut et fort une formule moderne, qu'elle a appris à maîtriser, exactement comme le lui a enseigné son compagnon Grimoire :

Barakadoudou, barakafoufou, barakacouda !

Dans le mur, le balai se secoue les puces un peu, s'extirpe du trou d'un coup, vole comme un oiseau déplumé autour de sa maîtresse Méli-Méla, qui suit ce dernier, toute radieuse. Le balai va se positionner derrière elle... pour qu'elle l'enfourche, croit la vieille sorcière.

Pourtant...

– AÏE! AÏE! AÏE!

... ce sont ses pauvres fesses qui reçoivent des coups de balai. Elle se met à danser et à courir pour éviter les coups.

– Quelle erreur ai-je faite, À-bras-les-gros-bras?

« Hi, hi, hi!... C'était bien la bonne formule: celle de la fessée magique!» songe Abrakadabra, qui pourtant répond:

– C'était trop sur le bout des lèvres encore! Ça change tout le message!... Recommencez!

Balai aux trousses et son crabe auditif pendant dangereusement à son lobe d'oreille, la sorcière en détresse sort en trombe de la chambre d'Abrakadabra. Elle crie à tue-tête la formule... de la fessée magique!

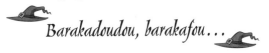

Barakadoudou, barakafou...

Quelle course folle dans le corridor de la Joyeuse maison hantée! Et quelle frousse ont Mouk le monstre et Frissella la fantôme qui, à tour de rôle, sont témoins de cet étrange ballet moderne. Tout un spectacle!

– Hi, hi, hi!

Dans sa chambre, Abrakadabra se retrouve sur le dos, les pattes en l'air: il est de nouveau euphorique. Mais le chat-patient entend des pas qui se rapprochent de sa chambre; vite, il retombe sur ses pattes, juste à temps pour voir surgir Mermiz, le bras droit du docteur Sigsig. Ce dernier administre à Abrakadabra les traitements-chocs qui lui sont prescrits après chaque thérapie.

Mermiz tient le balai de Méli-Méla à bout de bras. Ses mains tremblent un peu, mais le balai n'arrive plus à bouger.

– Ce bâton s'est mis à me battre les fesses, tout seul, comme ça..., grogne-t-il. Est-ce que tu saurais ce qui se passe, Abrakadabra ?

Abrakadabra fait ses yeux mielleux de chat ignorant, mais rit dans ses moustaches.

– Monsieur, monsieur…, crie la vieille sorcière qui arrive soudain à toute vitesse dans la chambre. Non, non, ne faites pas…

Trop tard.

CRAC !

Mermiz a fendu le balai en deux morceaux, sur son genou.

– Mon balai ! lance Méli-Méla, en pleurs. Mon balai !

Devant Mermiz, le rusé Abrakadabra laisse aussitôt couler une larme… de Grimoire.

Quel grand sensible, cet Abrakadabra !

SIGSIG EN DÉLIRE

Abrakadabra se prélasse sur le divan-colline, dans le bureau de Sigsig. Le docteur l'y a convoqué il y a quelques minutes seulement. Mais il se retrouve tout fin seul.

« Qu'est-ce qu'ils font ? Notre grand savant et sa fameuse détectrice de mensonge sont en retard. Quel manque de rigueur ! »

Le chat-patient a le ronron des vainqueurs et les pensées d'un grand moqueur.

« Ah ! que j'ai hâte de voir la tête de Sigsig quand il va m'annoncer que la Ministre elle-même me réclame dans l'Univers des sorcières... Finis les neuf thérapies et les traitements-chocs-*and-rock-and-roll*!»

Abrakadabra est en liesse. Soudain, le regard du coquin félin se porte sur la grosse chaise de cuir pivotante, aux bras et au pied brillants de chrome. Peu à peu, alors qu'il continue de fixer la chaise, ses yeux en viennent à perdre tout leur éclat...

Qu'arrive-t-il donc à Abrakadabra? Ce débordement de joie extrême depuis qu'il est convaincu de son départ imminent cacherait-il une toute petite pointe de tristesse refoulée? Si notre chat-patient osait déclarer devant Carmelita, en ce moment même: «Moi, Abrakadabra, je suis fou de joie de quitter la Joyeuse maison hantée et tous ses habitants, dont cet imbécile de grand docteur Sigsig», la détectrice de mensonge ne laisserait-elle pas échapper un de ses terribles «*COAHHH*»?

Eh oui! Malgré les apparences, le chat-patient ressent tout de même un peu de peine à l'idée de quitter ce lieu. Observant toujours la chaise vide de Sigsig, il se dit que la vie dans cette clinique n'est peut-être pas pire, finalement, que celle dans l'Univers des sorcières, où il a plein d'ennemies. Et que dire du monde des humains? Il n'y a fait qu'une brève incursion et il a dû se confronter à une jeune fille terrible qui a failli le noyer! Quel mauvais souvenir! Ici, à la Joyeuse maison hantée, il y a tout de même quelques autres patients qu'il aime bien: Mouk, ce monstre sympathique, et son chien noir tout maigre; Frissella, cette jolie fantôme au déplacement aussi léger que le vent...

– Ahhh! tu es là, toi!...

Sur le divan, la fourrure d'Abrakadabra se hérisse d'un coup. Quelle horreur! Il voit s'amener en trombe la sorcière Méli-Méla. Dans une main, elle transporte un minuscule manuel déchiré et, dans l'autre, son Tympan qui n'est plus retenu à son lobe d'oreille que par une seule petite patte abîmée.

Abrakadabra s'apeure : la vieille va-t-elle le foudroyer de quelque sort incontrôlé, après la fumante fessée de balai ?

– À-bras-les-gros-bras, il faut que tu m'aides ! C'est urgent et capital pour moi !

Abrakadabra écarquille les yeux et laisse sa fourrure reprendre ses douceurs. Pas une seule allusion à ses deux coups pendables. Plus surprenant encore : elle revient lui demander de l'aide. « Elle est vraiment malade, cette vieille sorcière ! » se dit-il, posant son regard sur le livret que lui tend Méli-Méla.

– Je dois passer un premier test auprès de Sigsig, lui révèle-t-elle sur un ton effrayé.

– Un test ?

– Oui : changer sa grosse grenouille en princesse.

– Carmelita ? En princesse…, ricane Abrakadabra, dont la cervelle de Grimoire s'est remise à bouillonner d'idées folles.

– Je suis tellement énervée ! lance Méli-Méla, tremblant comme un corbeau devant un fromage. Je suis incapable de retrouver la bonne formule dans mon livret. Et s'il fallait que je transforme sa grenouille en pain de fesse, en ogresse ou encore en tigresse au lieu d'une princesse ? Je ne suis pas sortie de cette maison de fous, comme tu dis. Tu comprends ?

Le museau déjà plongé dans le livret, le bon et gentil chat Grimoire acquiesce d'un petit coup de tête. Aussitôt rassurée, la sorcière se laisse tomber sur la chaise de Sigsig. Abrakadabra lui jette un regard soudainement tout brillant. Discrètement, il glisse le bout de sa queue hors du divan et va solidement l'enrouler autour du bras du fauteuil pivotant. Puis, levant un peu le museau, l'air tout mielleux, il s'adresse à la sorcière :

– C'est ça, Méli-Méla, au lieu de tourner en rond, détendez-vous donc un peu pendant que je cherche…

– Merci, À-bras-les-gros-bras! Tu me sauves la vie, mon brave… AÏÏÏÏÏÏE!

D'un coup, la sorcière se transforme en toupie! Elle s'accroche aux deux bras de cette chaise en folie! Quel ravissement pour Abrakadabra, qui a lancé la vieille dans un tourbillon d'un seul bon coup de queue. Il a vu si souvent le docteur Sigsig se changer en tornade sur sa chaise qu'il n'a pu résister devant une si belle occasion de s'amuser un peu… Et puis, il n'a jamais aimé ce côté «moulin à paroles » qui caractérise les sorcières. Il n'a pu s'empêcher d'utiliser ce moyen génial pour faire taire Méli-Méla.

« Hi, hi, hi ! »

La pauvre sorcière a maintenant des allures de corbeau géant dans sa grande tunique noire qui bat des flancs, avec son chapeau pointu tournant et vibrant sur sa tête comme la vrille géante d'un marteau-pilon. Et que dire du malheureux Tympan, assommé, tombé au plancher, après un beau vol plané et une dure rencontre avec l'un des murs...

Bref, de quoi ravir Abrakadabra ! Rapide comme tout bon Grimoire, le chat de sorcière trouve la bonne formule et stoppe brusquement la chaise de Méli-Méla, dont les pommettes saillantes sont aussi blanches que le dos de son crabe auditif encore aplati sur le plancher.

– *Eurêchat*! explose-t-il de joie. J'ai votre formule, ma jolie dame!

– Pour transformer Carmelita en princesse? demande la sorcière, tout étourdie, qui se lève et se met à tituber, comme si elle était sur un voilier en pleine mer, en pleine tempête.

– Euh… oui, oui! fait le Grimoire, l'air plus malin que jamais.

Des bruits de pas et de voix font sursauter les deux complices. Aucun doute: le docteur Sigsig s'amène! Méli-Méla se lève et titube jusqu'à Abrakadabra, son Grimoire, son sauveur. Elle se penche et il lui souffle trois fois dans l'oreille :

– *Zaza zinzin tan titi tata zan*!

– Tiens, tiens! lance le docteur Sigsig en mettant le pied dans son cabinet. Vous voilà, tous les deux!… Moi qui vous cherchais partout, ma chère Méli-Méla!

Avant que la sorcière ne puisse ouvrir la bouche, Abrakadabra intervient :

– Docteur, vous vouliez me voir ? Je suis là, tout ouïe ! Auriez-vous parlé avec la Ministre de la Confrérie des sorcières à mon sujet ?

Abrakadabra se délecte du malaise soudain du maître de la Joyeuse maison hantée. « Ça y est ! Le chat va enfin sortir du sac… »

– Non ! répond fermement le docteur.

– COAHHH !

– Ah, ahhh !… Merci, Carmelita ! jubile Abrakadabra, se contorsionnant de plaisir sur le divan-colline et laissant échapper de sa fourrure noir corbeau ses plus beaux reflets. On me cache des choses ?

Le regard de Sigsig se pose sur la sorcière Méli-Méla. Il lui demande si elle est prête pour son test. Abrakadabra songe aussitôt que le docteur ne veut pas perdre la face devant celle-ci, en lui annonçant son départ exigé par la grande dame de la sorcellerie elle-même. Quelle humiliation pour un savant comme lui!

– Oui, je suis fin prête! répond tout de go Méli-Méla.

– Donc, vous allez changer ma Carmelita en princesse?

– Exact!

La sorcière lance un petit sourire complice vers son chat-conseiller; un peu mal à l'aise, Abrakadabra la gratifie d'un clin d'œil rapide.

– Pas de danger que vous vous soyez trompée dans vos formules, cette fois? s'inquiète le docteur.

– Pas du tout!

– Bon! lance Sigsig. Alors, allez-y!

Le rusé Abrakadabra salive déjà. Il braque ses yeux sur Carmelita, que Sigsig vient de déposer juste à ses côtés. Il se tient au garde-à-vous, prêt à s'amuser comme un fou, pour une toute dernière fois, à la Joyeuse maison hantée. Il entend déjà les petits «Hi! hi!... Hi! hi!» de Carmelita changée en souris, tel que le veut la formule qu'il a fait apprendre à la pauvre sorcière.

Méli-Méla s'avance près du divan-colline et déclame la formule:

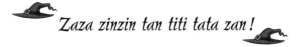

Zaza zinzin tan titi tata zan!

– PAS VERS MOI! hurle Abrakadabra, pétrifié, venant juste de remarquer que la vieille sorcière a les yeux posés sur lui et le bout du doigt pointé dans sa direction. VERS CARMELI... Hi, hi, hi!

– HA! HA! HA!

Trop tard!

Abrakadabra n'est plus qu'une petite souris grise, les yeux encore fixés sur la sorcière.

– HA ! HA ! HA ! HA ! HA !... Bravo ! Bravo !

Les rires fous du docteur Sigsig rebondissent dans les mignonnes oreilles du pauvre chat-souris-patient, pris à son propre piège.

Abrakadabra, tout gris et tout petit, n'est pas au bout de ses peines !

– HA! HA! HA!

Quelle horreur!

En plus de voir un Sigsig en délire, le pauvre chat de sorcière voit, droit devant lui, Méli-Méla claquer des doigts et… comme par magie, redevenir la vraie sorcière qu'elle est et a toujours été: la Ministre de la Confrérie des sorcières!

«Ah non! s'écrie Abrakadabra au plus profond de ses entrailles. Pas la Ministre de la Confrérie des sorcières!»

– Quelle bonne stratégie, madame la Ministre ! lance Sigsig.

– Ah ! mon petit coquin d'Abrakadabra ! fait la Ministre, jetant un œil sévère sur la souris. Je t'ai pourtant donné plusieurs chances. Le groupe des neuf sorcières a bel et bien raison : tu es un vrai poison !...

– Et il aura besoin de mes sept autres thérapies, n'est-ce pas ?

– Et comment donc, docteur !

La Ministre fixe cet Abrakadabra si minuscule et si fragile. Puis, elle laisse échapper un long et bruyant rire de sorcière qui fait bondir tout le monde dans le cabinet, y compris le chat-souris :

– HA ! HA ! HA ! HAAAAAA !...

Elle vient de se remémorer les paroles récitées et répétées en chœur par les neuf sorcières, lors de la dernière assemblée : «Un vrai rat, cet Abrakadabra!»

LA JOYEUSE MAISON HANTÉE
EN DÉLIRE !

– Bon dimanche matin, chers amis ! Le soleil est au rendez-vous. Ce sera une journée mémorable, je vous le promets !

La voix de Sigsig retentit dans les haut-parleurs, à l'intérieur de la Joyeuse maison hantée.

– Je demanderais à tous de venir immédiatement me rejoindre dans le jardin. Tous sauf Abrakadabra, notre nouvelle et mignonne petite souris... Ha, ha, ha !... Ha, ha, ha !...

«Hi, hi, hi! rage notre chat, toujours dans sa peau de souris, assistant, impuissant, au grand branle-bas dans la maison de fous, qui se vide en quelques secondes. Qu'est-ce que mijote encore ce dangereux docteur de malheur?»

Malgré ses demandes répétées et désespérées, Abrakadabra n'a pas obtenu la faveur de retourner à ses vraies moustaches. Quel enfer! Jamais plus il n'aura la moindre petite pointe de tristesse quand viendra le moment de quitter cette clinique infâme, à rendre fou même un chat de sorcière, chat de carrière de sa trempe...

«Mais... qu'est-ce que c'est que ce bruit?»

Un lointain ronronnement se fait entendre, comme une grosse abeille dans l'air du petit matin. Le bruit s'amplifie et se transforme en un vrombissement.

Abrakadabra court à la fenêtre de toutes ses forces, mais il s'immobilise, raide de frayeur, devant la commode. Impossible d'y grimper. Il a oublié : il est une souris…

Dehors, tous les yeux, un peu inquiets, suivent le petit avion jaune qui s'apprête à atterrir. Piloté par Mermiz, l'appareil ressemble davantage à un papillon qui virevolte dans les airs qu'à un avion. Puis…

Bong !… Bing !… **Boiiing !…**

Trois bonds au sol, trois chocs, le vieil appareil s'immobilise juste avant de frapper les premiers arbres de la Forêt enchantée.

– Ouf ! laisse échapper Mouk le monstre, sa tête faisant un tour complet.

– Youppi ! lance Frissella, en voletant de joie.

– Vieux fou! lance Sigsig, allant à la rencontre de son très spécial bras droit. Avec tes folies, Mermiz, un jour, tu me feras faire une crise cardiaque...

Depuis hier soir, la rumeur circule au sein de la Joyeuse maison hantée que le docteur Sigsig a trouvé un traitement-choc extraordinaire pour ramener Abrakadabra dans le chemin du vrai bon Grimoire, fidèle serviteur de sorcières.

On dit aussi que Mermiz est parti, en pleine nuit, en mission commandée, dans le monde des humains. On avance que son escapade nocturne doit servir à rapporter les ingrédients nécessaires à cette incroyable trouvaille du docteur. Voilà qui explique bien l'engouement des patients et de toute l'équipe à l'égard du retour du petit avion jaune.

– Mission accomplie, docteur! lance Mermiz, tout fier, en s'extirpant de son étroite cabine de pilotage.

Le grand homme au casque de cuir brun enlève ses lunettes d'aviateur, replace son foulard écossais autour de son cou et va soulever une porte métallique sur le côté de sa vieille carlingue.

– Hooon! s'exclament les patients de la Joyeuse maison hantée.

Une multitude de chats, de toutes les couleurs et de toutes les grosseurs, sautent au sol. Puis, au coup de sifflet donné par Mermiz, les malins félins s'élancent vers l'entrée de la maison, qu'ils envahissent.

– Mermiz, vous êtes vraiment certain que…

– Pas de panique, docteur! lance Mermiz à Sigsig, les cheveux dressés sur la tête, sur qui souffle un vent soudain de remords. Chacun de ces chats de gouttière connaît exactement la consigne: chasser, mais ne pas toucher à un poil de la souris ! Sinon, pas de retour chez les humains… Vous pouvez me faire confiance !

Et, pendant que le docteur Sigsig invite tout son monde à le suivre pour aller faire un magnifique pique-nique à la campagne, une chasse unique commence dans la clinique ; une course qui s'inscrira sûrement dans les annales médicales de la Joyeuse maison hantée sous la rubrique « Les 24 heures d'Abrakadabra,

chat de sorcière, chat de carrière»... et une course qui restera gravée à jamais dans la mémoire d'un certain Grimoire... Du moins Sigsig l'espère-t-il.

Quelle humiliation pour Abrakadabra! Mais quelle folle partie de plaisir pour le groupe des neuf sorcières qui, réunies dans la salle de la Confrérie des sorcières en compagnie de la Ministre, assistent en direct à la course sur écran géant.

Un moment magique pour les ex-patronnes d'Abrakadabra, mais vraiment tragique pour notre pauvre chat-souris-patient, acculé à chercher un trou de souris pour sa survie...

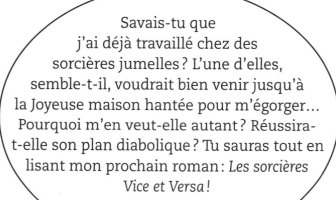

Savais-tu que j'ai déjà travaillé chez des sorcières jumelles? L'une d'elles, semble-t-il, voudrait bien venir jusqu'à la Joyeuse maison hantée pour m'égorger… Pourquoi m'en veut-elle autant? Réussira-t-elle son plan diabolique? Tu sauras tout en lisant mon prochain roman: *Les sorcières Vice et Versa*!

MOT SUR L'AUTEUR

Comme la sorcière Méli-Méla, Yvon Brochu est souvent mêlé, un peu dans la lune. Mais, comme son bon ami Abrakadabra, il a plus d'un tour dans son sac et retombe toujours sur ses pattes à temps! Autre ressemblance : tant Abrakadabra que son auteur deviennent fous comme  un balai dans les moments de bonheur… Yvon Brochu et son chat de sorcière : deux grands complices fort sympathiques qu'il ne faut pas manquer de lire!

MOT SUR L'ILLUSTRATRICE

Pleine d'imagination, Paule Thibault se consacre à l'illustration à temps plein. Quand elle s'accorde des vacances, elle a sa thérapie bien à elle pour se détendre : non pas un séjour à la Joyeuse maison hantée, mais plutôt du camping sauvage. Même dans ces moments  de repos, Frissella, Mouk et Abrakadabra ne sont jamais bien loin dans l'esprit de celle qui illustre tous les romans de la Joyeuse maison hantée!

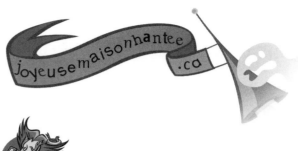

Le cabinet de Sigsig

Lis les dernières nouvelles de la Joyeuse maison hantée. Écris aux personnages, et amuse-toi avec la grenouille Carmelita au jeu de *La détectrice de mensonge*.

La bibliothèque

Lis des extraits des romans ainsi que les *petits plaisirs* des créatures fantastiques. Apprends plusieurs secrets sur les créateurs de la Joyeuse maison hantée.

La cuisine

Découvre les jeux qui se cachent dans les marmites bouillonnantes, dans des fioles et dans des bouteilles de potion magique.

www.joyeusemaisonhantee.ca

La Joyeuse maison hantée

 ## Mouk le monstre

Auteure : Martine Latulippe
Illustratrice : Paule Thibault

1. Mouk, en pièces détachées
4. Mouk, le cœur en morceaux
7. Mouk, à la conquête de Coralie

 ## Abrakadabra chat de sorcière

Auteur : Yvon Brochu
Illustratrice : Paule Thibault

2. La sorcière Makiavellina
5. La sorcière Griffellina
8. La sorcière Méli-Méla

 ## Frissella la fantôme

Auteur : Reynald Cantin
Illustratrice : Paule Thibault

3. Frissella frappe un mur
6. Frissella ne se voit plus aller
9. Frissellaaaahh !

www.joyeusemaisonhantee.ca